¿Quién es la bestia?

POR KEITH BAKER

traducido por Alma Flor Ada

Libros Viajeros
Harcourt Brace & Company
SAN DIEGO NEW YORK LONDON

This is a translation of WHO IS THE BEAST?

Requests for permission to make copies of any part of the work should be mailed to: Permissions Department, Harcourt Brace & Company, 6277 Sea Harbor Drive, Orlando, Florida 32887-6777.

Library of Congress Cataloging-in-Publication Data
Baker, Keith, 1953–
[Who is the beast? Spanish.]
¿Quién es la bestia?/por Keith Baker: traducido por Alma Flor Ada.
p. cm.
"Libros Viajeros"—Cover.
Summary: When a tiger suspects that he is the beast the jungle animals are fleeing, he returns to them and points out their similarities.
ISBN 0-15-200185-9
[1. Tigers—Fiction. 2. Jungle animals—Fiction. 3. Stories in rhyme. 4. Spanish language materials.] I. Title.
PZ74.3.B34 1994 93-49341

P O N M

Printed in Singapore

¡La bestia! ¡La bestia! Vámonos de aquí.

Su cola tan larga sube y baja ahí.

¡La bestia! ¡La bestia! Estoy asustado.

Veo entre las hojas su lomo listado.

¡La bestia! ¡La bestia! Vuelo velozmente.

Veo cuatro patas, cada una es potente.

¡La bestia! ¡La bestia! ¡Me quedo callado!

Veo sus ojos verdes, ¡creo que me han mirado!

¡La bestia! ¡La bestia! Me escondo con miedo.

Sus bigotes largos, blancos, veo.

¡La bestia! ¡La bestia! Tiemblo de terror.

He visto sus huellas. La bestia, ¡qué horror!

¿Quién es la bestia? ¿Me puedes decir?

No veo a la bestia. Sólo me veo a mí.

¿Soy yo la bestia? ¿Lo puedo ser?

Regresaré. Lo tengo que ver.

Veo sus bigotes, muy largos y blancos.

Ambos los tenemos, en los dos lados.

Veo sus ojos, verdes y brillantes.

Pero me parece que los he visto antes. . . .

Veo sus patas, fuertes y potentes,

los dos saltamos muy ágilmente.

Veo rayas, negras y amarillas,

los dos tenemos el lomo listado.

Veo una cola asomarse aquí.

Nuestras colas largas se mueven así.

¿Quién es la bestia? Ahora lo veo.

Todos somos bestias. Tú y yo.

The illustrations in this book were done
in Liquitex acrylics on illustration board.

The display type was set in Floreal Haas Bold.

The text type was set in Palatino.

Composition by Central Graphics, San Diego, California

Color separations by Bright Arts, Ltd., Singapore

Printed and bound by Tien Wah Press, Singapore

This book was printed on Leykam recycled paper,
which contains more than 20 percent postconsumer waste and has
a total recycled content of at least 50 percent.

Production supervision by Warren Wallerstein and Michele Green

Designed by Michael Farmer